AF321410

LA SIBILLE FRANCOISE, OV DERNIERE REMONSTRANCE au Roy.

OV SONT BRIEFVEMENT discouruës les plus importantes raisons, qui peuuent mouuoir sa Maiesté à se resoudre sur le restablissement des Iesuistes.

H. 3005. (13)

A VILLE-FRANCHE,

M. DC. II.

LA SIBILLE

FRANÇOISE, OV DER-
niere Remonſtrance au Roy.

*Où ſont briefuement diſcouriies les plus importātes
raiſons qui peuuent moŭuoir ſa Maieſté à ſe
reſoudre ſur le reſtabliſſemēt des Ieſuiſtes.*

G Rād Roy qui pour loyer d'vne inſigne vail-
    lance
Portez l'Auguſte nom de ſauueur de la Frā-
Pour auoir courageux parmi tant de danger   (ce,
Preſerué cét eſtat des mains de l'eſtranger :
Preſtez à ce beſoin l'oreille pour entendre
Les cris qu'aux bōs Frāçois la crainte fait reſpādre,
En vous voyant preſſé par maint & maint flateur
De remettre à Paris l'eſcadron maſſacreur
Des Princes & des Rois, ceſte maudite race,
De la ſecte deſquels fuſt autheur vn Ignace
Vaſſal de vos ayeuls, & rebelle à leurs loix
Et, ſi iamais l'amour de tant de bons François:
Peut rien en voſtre endroit, voſtre ame ſoit attainte
Des lugubres accents de leur dolente plainte,
Pour ne les r'apeller, eux qui ont maſſacré
Voſtre predeceſſeur du ſainct huile ſacré,
Prince qui ſagement guidoit la republique,
Zelateur treſdeuot de la foy Catholique.
Vous mon Prince defunct, de qui ces aſſaſſins

Ont par leurs trahisons auancé les destins,
Inspirez moy d'enhaut vostre docte eloquence?
Faites tant que ma voix s'etende par la France,
Descouurez moy du ciel ces rouges flots de sang,
Que ces tigres ont faict couler de vostre flanc,
Flang que d'vn Patagon la dextre sanguinaire
N'auroit iamais percé de sa lame meurtriere:
Guidez donques ma plume, articulez ma voix,
Pour grauer cest outrage au cœur de vos François,
Qui par trop asseruis à la cour Vaticane,
Ont presque ruiné l'Eglise Gallicane,
Perdu ses libertez, tollerant parmi nous
Ces monstres plus cruels que les ours ny les loups.
    Monarque des François, le Prince qui desire
Que ses enfans vn iour heritent son Empire,
Se doit garder sur tout que dedans son estat
N'aye des partisans quelque autre potentat:
Or Sire ces Iudas que vostre cour supreme
A chassés de Paris pour leur malice extreme
Ont l'ame Castillane, & n'ont d'autre desseins
Qu'arracher des François le sceptre de vos mains,
Pour embellir vn iour des fleurs de lis dorées
Du Prince de Madril les armes bigarées,
Et faire quant & quant que du Roy Gallican
Le Sceptre soit subiect au foudre Vatican.
    Sire, les ennemis de l'heur de vostre France,
Pour vous rendre du tout vuide de ffiance,
Vous vont reprensentant que vostre Maiesté
Est si bien à present auec sa saincteté,
Et que d'ailleurs le Roy qui commande à l'Ibere
Est vostre bon voisin, vostre ami, vostre frere.
    Posons qu'il soit ainsi : pourtant souuenez-vous

Lors que telles raiſons ils chantent deuānt vous,
Si Philippe defunct, n'eſtoit auſſi le frere
De noſtre Roy deffunct, que ceſte ame meurtriere,
Que ce diable encharné, ce mal-heureux Clement!
N'aſſaſſina iamais ſans ſon conſentement:
Et s'ils pourront d'ailleurs vous donner aſſeurance
Que les Papes touſiours aimeront voſtre France,
Veu que ces beaux docteurs leurs intimes amis
Veulent que voſtre eſtat au Pape ſoit ſoubmis,
Sapans les fondemens de voſtre republique,
Auec les libertez de l'Egliſe Gallique.
  Du temps du grād François, & du dernier Louys
Ces blaſphemes hideux ne furent onc oüis,
Et qui les eut oſé proferer d'auanture
N'auroit il pas eſté des corbeaux la paſture?
Auſſi leur regne fuſt & durable & heureux,
Et mourans chargez d'ans s'enuolerent és cieux,
Laiſſans à leurs nepueux paiſible la Couronne,
Qui apres tant d'ennuis voſtre chef enuironne:
Ce qu'ils n'auroient pas peu ſi ſemblables erreurs
Euſſent de vos ſubiects vn coup ſaiſi les cœurs,
Mais las! que diſ je erreurs, ains pluſtoſt freneſies
Laſches deuoyemens, fureurs, & hereſies.
  Sire, on vous dit d'ailleurs que ces hommes icy,
Les lettres & les arts ont beaucoup eſclaircy,
Que la religion leur eſt fort redeuable,
Pour auoir ſecouru en vn temps miſerable
L'Egliſe que Luter, & Zuingle, & Caluin
Auoient preſque enyuré d'vn heretique vin,
Et qu'ils ſont d'abondās fort bons pour la ieuneſſe,
Qu'ils enſeignēt pour riē auec beaucoup d'adreſſe,
  Sire, auant que leur nom en France fuſt cognu

L'Eglife Gallicane auoit bien fouftenu
Le choc des Huguenots, & les lettres fleurirent
Tant qu'Henry le fecond , & fon Pere vefquirent:
N'aguere on vid plufieurs és vniuerfitez
Plus entendus qu'euxtous en toutes facultez,
L'honneur defquels encor flambe deffus Parnaffe
Qui n'entrerent iamais en l'efcole d'Ignace :
Gerfon, Gaze, Pontan, Linacre, Calepin,
Clitouée, Faber, Titelman, & Pagnin
Mantuan, Sannafar , le Comte de Mirande,
Erafme le Soleil de la terre Flamende ,
Reuclin , Valle, Viués, Antefignan, Clenard :
Picard , Saintes, Muret, Lindan, & Genebrard ,
Budée, Pafferat & Talee, Finee
Fernel: Silues, Hollier, Rabelais , Chaffanee
Tiraqueau, Duaren, Cujas, & du Moulin
Conan, Fernaud, Rebuffe, Alciat, & Boudin ,
Daurat, Lambin, Pibrac, Amiot , Viginaire
Defportes, & Garnier, & Ronfard qui efclaire
D'vn honneur nompareil le terroir Vandofmois,
Et tire d'Ilion le tige de nos Roys ,
Et mile & mile encor defquels la renommee
Reluit deffus ce mont en aftres allumee,
Admirables efprits qui tons ont merité
D'eftre prefque adorez par la pofterité,
Pour leurs doctes efcrits, qu'en efcrits & en chaire
Ceux-cy vont tronçonant d'vne main plagiaire :
Sans ceux-là ie viens à placer en ce lieu,
Qui d'vn culte diuers au noftre, feruent Dieu ,
Pour s'eftre fequeftrez de l'Eglife Romaine,
Beze, Vermil, Vrfin, & l'vn, & l'autre Eftiene ,
Zanche, Serres, Kemnit, Chandieu, Daneau, Mer-
cier ,

Melancton, Vvitacker, Constantin, Cheualier
Du Ion, Tremel, Merlin, Munster, Sibrãd, Aresse,
Scaliger, Godefroy, Port l'honneur de la Grece,
La Ramée, Hotoman, Pacius, & Coras,
Rondelet, Bucanan, le Plessis, le Bartas
Gens qni sans ce defaut n'ont manqué de merite,
Et passent en sçauoir la tourbe Loyolite,
En laquelle on ne voit que Caffars & Pedans,
Insolens pleins de fast & sur tout impudens,
Ausquels en vostre estat rien n'a donné creance
Que d'vne pieté l'hypocrite apparence,
Le nom trop arrogant de leur sodalité,
Et du simple chrestien la partialité,
Ils trenchent des sçauans sur tout en la Logique
Pour sçauoir seulement quelque trait Sophistique,
Leurs disciples aussi s'en rendent arrogans
Des qu'ils en ont aprins les simples rudimens :
Et se voit rarement qu'vn personnage excelle
En quelque faculté nourri en leur sequelle :
Où s'il le fait c'est bien qu'vn bon entendement
Surmonte le defaut de leur enseignement,
Cela se prouueroit par claire experience
Quand on visiteroit les escoles de France :
Où les Antecesseurs qui restent des fameux
Ont puisé le sçauoir autre part que chez eux,
De fait despuis qu'ils ont par flateuses paroles
Sçeu trouuer le moyen d'empieter nos escholes :
Tout est abastardi le sçauoir etteint
Des lettres nous n'auons presque le premier teint :
Des fruicts entrecueillis ces arbres nous produisent
Et le plus grand proffit qui vient de ce qui lisent,
Est d'auoir sçeu grauer en l'ame des François

qu'on doit comme Tirans affafiner les Rois,
Qui ne voudront tenir leurs eftats du Conclaue,
De l'Euefque Romain qui fouuent eft efclaue,
Et contraint obeit au prince Caftillan,
Qui luy donne la loy par Sicile & Milan,
Qui peut par les threfors des Indes & du Tage
De tous les Cardinaux acquerir le fuffrage,
Ainfi obliquement le Monarque Gaulois
Du Roy des Caftillans deura prendre les Loix.
    Faites donc o grand Roy qu'vne telle vermine
Aille à vos ennemis enfeigner fa doctrine:
Et leur profite, ainfi ferons nous enuieux
Que de cefte façon ils les rendent heureux,
Car tant qu'ils obtiendrõt ces maximes damnables,
Ils doiuent eftre à vous, & à nous deteftables :
A vous qui ne tenés le fceptre que de Dieu,
A nous qui ne pourrons fi leur doctrin e à lieu :
Voir guiere plus long temps fleurir la loy Salique
Le feur Palladion de noftre republique.
Quand vn Pape Efpagnol nos Rois degradera,
Et aux Roys de Caftille afferuir nous voudra.
    Grand Roy : pefés cecy remetez en memoire
Que feul Roy vous portez la couronne de gloire
Autour de voftre chef, contre qui ces mutins
Pour retarder le cours de vos heureux deftins,
Felons braffent toufiours mainte & mainte entre-
    prife,
qui ne vous croyent point fils aifné de l'Eglife,
Vous eftiment Tyran, qui dedans voftre cœur
Couuez ce difent ils voftre premiere erreur:
Et que le diademe entoure voftre tefte
Tant feulemēt defpuis que voftre paix fuft faite,

Aue c

Aüec le Pere faincſt, & que fa fainctere
Octroya le Pardon à voſtre Maieſté.

   Ainſi tant de François qui cottent és hiſtoires
Treze ans de voſtre regne, en chantãt vos victoires,
A leur conte ne font qu'autant de charlatans
Eſcriuains impoſteurs qui nous flatent au temps:
Et meſme vos Edicts faicts durant ces quereles,
Qui portent le pardon de tant d'ames rebelles,
Ne font Edicts Royaux, font fans authorité
Venanr d'vn qui n'auoit pour l'ors la royauté,
D'vn qui Tirant auoit la Couronne vſurpee,
Et n'auoit pour tout droit, que le droit de l'eſpee,
Lequel le Pere faincſt de Tiran à faicſt Roy
Lors qu'il le vit vainqueur ſe proſterner à ſoy

   Ils ont beau proſterner dans leur hũble requeſte
Que de ce qui s'eſt fait durant ceſte tempeſte,
Qui cruelle eut fans vous ſubmergé cet eſtat,
Ils font bien deſplaiſants: que meſme l'attentat:
Du monſtre qui nourri dans leur ſecte damnable,
Fit forger en Enfer le couſteau deteſtable,
Dont parricide il vint voſtre leure percer,
Fuſt fait à leur deſceu, ils ont beau ſurhauſſer,
Par des mots recherchez voſtre rare vaillance,
Et flateurs exalter voſtre douce Clemence,
C'eſt pour mieux vous piper, les hommes plus
   mauuais,
Ont les mots les plº doux: au pris d'eux vous n'auez,
Rien de ſi volontaire, & rien de plus capable
D'auancer de l'eſtat la cheute deplorable:
Poſons qu'ils ſoient ſçauans, plus feront - ils de
   maux,
Qu'ils enſeignér pour rien : les fonds & les ioyaux:

B

Qu'ils ont à vos subiects cautemét sceu soustraire
Depuis trente cinq ans monstrent bien du contraire
Mais quoy! qu'enseignent ils? qu'on peut tuer nos
    Roys?
Et que de vostre estat les statuts,& les Loix
Ne sont qu'autant d'abus, ils plantent en Gascógne
Au cœur des ieunes gens le los de Cataloigne:
Ils ont vrais Espagnols par leurs Inquisiteurs
Censuré la Sorbone, & ses plus grands docteurs,
D'ailleurs, ne sçait-on pas qu'ils on vrais plagiaires
Volé plusieurs enfans d'entre les mains desperes,
Et les ont aueuglés en leur sodalité
Pour auoir leurs moyens maugré leur volonté,
Les ayans relegués en l'Inde Occidentale,
Pour là perdre l'amour de leur terre Natale:
Les peres ce pendant tristes & chargez d'ans
Ont terminé leurs iours leur perte lamentans,
Ayrault en est tesmoins, qui sacre à la memoire
D'vn acte si vilain la deplorable histoire,
Et mil, autres encor ausquels durant nos iours
Ces beaux religieux ont ioüé de tels tours.
Quoy ? SIRE pouuez vous sortir de vostre Louure
  Pour voir vostre Palais qu'à vous ne se descouure
L'image de Brisson,cet homme si fameux,
Seduit par ces pipeurs,& massacré par eux:
L'ombre de Duranti, ce rare personnage,
Le premier ornement du Senat Tecolage:
D'aphis vostre Aduocat qui sentit leur fureur,
Pour auoir bien serui vostre predecesseur.
  Voila, Sire, les fruicts de ceste compagnie,
N'est-elle pas vtile à vostre Monarchie?
Sans doute ils nous rendront pleins de felicité

Si l'on peut estre heureux estant sans liberté,
Et si le vray François peut oublier la France,
Et lasche suporter l'Espagnole arrogance :
   Mais outre leurs beaux faicts , considerez leurs
    vœux
Tels qu'ils sont ne sçauroient en France estre receus
Eux qui tant seulement releuent du sainct Pere,
Or par raisons d'esta: nous tenons du contraire:
Qu'en France aucun ne peut auoir droict de cité
S'il n'a premierement iuré fidelité,
   Au Roy des fleurs de lis,& de ne recognoistre
Ici bas apres Dieu autre que luy pour maistre:
Ils font vœu d'obeir en tout au General
De leur societé, soit en bien soit en mal:
Sans s'esmouuoir de rien aussi peu qu'vne souche
De mesme que si Christ leur parloit pat sa bouche:
Remarquez d'abondant que tous leurs Generaux
Ont esté iusqu'icy de l'Espagne vassaux.
Et tousiours le seront qui tascheront d'accroistre
Le pouuoir de leur prince & du pape leur maistre,
Auecque s'il vous faut iamais rien desmeler
Ne doutez las! la peur, la peur me fait parler
Qu'ils ne trouuent trop tost vne main assasine,
Qui rende du Daufin sa ieunesse orpheline:
Et face que soyez le dernier de nos Rois.
   En vain donques en vain, tãt & tant de Francois,
S'atendent voir vn iour la terre Milanoise,
Reconquise par vous & rendue Francoise :
Sicile recouuerte & le fameux coupeau
Qui couure les Titans & leur sert de tombeau,
Et que le Castillan vaincu par vostre espee,
Soit contraint vous quiter la Nauarre oceupee,
B ij

Le terroir du Brazil, auquel Vilegagnon
D'vn de vos deuanciers planta iadis le nom:
R'appelant ces meurtriers voſtre eſpee, guerriere,
N'ira iamais ſi loin eſtendre ſa frontiere,
Leurs peſtilens eſcrits, leurs predications
Et le ſecret venin de leurs confeſſions:
Sçaurõt bię engourdir les bras de vos genſdarmes,
Et faire reboucher la pointe de vos armes.
    Si doncques vous aimés cet enfant que les cieux
Benins vous ont donné, ſi eſtés deſireux,
Qu'il puiſſe quelque iour regner en ceſte France,
Pour Dieu redonnez luy ceſte meſme puiſſance,
Et la meſme ſplendeur qu'elle ſouloit auoir
Quand vos peuples n'auoient forligné du deuoir,
Lors qu'ils n'auoiết encor gouſté ceſte doctrine
Qu'vn Roy deut redouter l'alumele aſſaſine:
Les mandats de Tarpee & que le Pape peut
Depoſſeder nos Roys lors que ſaire il le veut.
    Sire vous le ferez gardant que ceſte ſecte
De ſon mortel venin plus de peuple n'infecte,
Ne leur permettant plus de viure parmi nous,
Ainſi pourrons nous bien voir vn iour apres vo us,
Cet enfant poſſeder en paix ceſte couronne
Sans craindre les efforts de la tourbe felone:
De tous vos ennemis qui viendront par dehors
Dont nos armes pourront rendre vains les efforts.
    Mais ſi l'ire du ciel qui voſtre eſtat menace
Permet que ces meurtriers y puiſſent auoir place,
Tenez pour tout certain qu'vne ſedition
Aura bien toſt reduit ceſte grand' nation:
Sur le point de ſe voir d'Eſpagne tributaire
Quand nous aurons vn Pape à la France contraire,

Lors que de longue main ils auront diſpoſez
Vos ſubiects aux deſſeins qu'ils ſe ſont propoſez,
Ainſi qu'en Portugal, dont ils ont la prouince
Soubmiſe à l'Eſpagnol & fait perdre le Prince.
   Deſtourne ce mal heur bon Dieu qui tant de fois
Sous tõ aiſle as couuett noſtre France & ſes Roys,
Qui as douze cens ans gardé ſa monarchie,
Sans qne deſſous ſon ioug l'eſtranger l'ait flechie,
Et fay naiſtre d'enhant dans le cœur de ſon Roy
Vn aduis ſalutaire & pour elle & pour ſoy.
   Vous Royne que le ciel à nos vœus fauorable
A iointe à noſtre HENRY d'vn nœud inſeparable
Fermez, fermez l'oreille & n'allez eſcoutant,
La vois de ces pipeurs qui vous cajolent tant:
Qui par voſtre moyen penſant r'entrer en France
Pour y faire germer la maudite ſemence,
De leurs peſteux deſſeins pour meurtrir voſtre eſ-
   poux
Ruiner voſtre fils, & voſtre France & vous.
   Et toy Royal enfant quias par ta naiſſance
Au cœur des bons François fait naiſtre l'eſperance,
De voir durant nos iours luire vn ſiecle doré
Et cet antique eſtat pour iamais aſſeuré,
Contre tous les efforrs de l'Eſpagne ennemie
Verras-tu d'vn œil ſec ceux qui cerchent la vie,
De ton grand geniteur de ta Mere & de toy!
Qui traiſtres ſe couurans du manteau de la foy,
Afin de s'eſtablir machinent ta ruine
Ne crieras tu point d'vne voix enfantie à
Pour animer ton Pere & luy faire ſentir
Que du tort qu'on te fait il ſe doit reſentir,
Puis que ſon doux genie à oublié Barriere,

Et du traiſtre Chaſtel l'alumele meurtriere,
Les eſcrits de Guignard qui monſtroit dans Paris
Que qui le tueroit gagneroit Paradis:
Varade & Commelet qui crioyent en leurs Chaires
qu'il faloit pour mener à bon port les affaires,
Leur auoir vn Ahod, n'importoit fuſt ſoldat,
Ou bien Religieux, ou bien ſimple goujat:
Qu'il faloit vn Ahod dont la main heroïque
Pour eſtouffer du tout le party politique,
Maſſacrat ce relaps Ieſuitiquement
Et fuſt imitateur de ſainct Iaques Clement.
    Et toy grand parlement oracle de Iuſtice
Voy quel affront t'eſt fait s'il faut qu'on affoibliſſe,
Tes arreſts les plus ſaints des voiſins reuerez,
par leſquels de ton Roy les ennemis iurez,
Sont banis à bon droict de toute l'eſtendüe
Des pays ou d'Henry l'eſpée eſt recognüe,
Arreſts du ſainct Eſprit preſidant parmi toy,
pour maintenir l'eſtat ta ſplendeur & ton Roy,
Duquel les rapelant on hazardé la vie,
Et par meſme moyen on t'expoſe à l'ennie,
De tous ces aſſaſins & des ſeze voleurs
Que ſçauront reſtablir vn iour ces maſſacreurs:
    Mais puis que des deſtins la force ineuitable
Veut remettre entre nous l'engence abominable
De ces meurtriers de Roys, bon Dieu que ferons
    nous,
Afin qn'en voſtre endroit ils ſe rendẽt plus doux.
    Le marbre elabouré de ceſte pyramide
Qui porte en lettre d'or graué le parricide,
De leur cher nourriçon, & leur banniſſement

Soit lors qu'ils reuiendront mise à bas prompte-
    ment,
Que dis ie mise à bas? l'Espagnole arrogance
Quand bien elle tiendroit dessous les pieds la Frāce,
Feroit-elle bien pis grand Roy souffriras tu
Que cet arrest si sainct soit sans force & vertu?
Comme il sera s'il faut que ce marbre on abate:
Dont ta cour aussi tost peut quiter l'escarlate,
Et le laisser debout, c'est monstrer en effect
R'apellant ces meurtriers iniuste cet arrest ,
Arrest qui t a gardé la couronne & la vie
He! si l'on voit iamais ta personne assaillie,
Par quelque autre assassin qui brasse ton trespas
A qui te plaindras-tu? ta Cour n'osera pas
De peur d'vn des-adueu punir ce parricide ,
Le front luy blesmira, ô genereux Alcide:
Rare honneur de nos Roys, ne souffre qu'a ce iour
On foule aux pieds ta force & l'honneur de ta Cour
Et que ceux qui n'ont peu te vaincre par les armes
Ni par les trahisons, te vainquent par les laimes:
T'épeschent d'escouter des bons François les cris,
 Amortissent l'amour que tu dois à ton fils,
A ta femme, à l'estat, qu'auec tant de courage,
Tu as ja tant de fois garenti du naufrage.
    Non, non ce Dieu qui t'a par sa dextre sauué
De tant de trahisons, & au Throsne esleué,
Benin t'assistera, pour d'vn mesme courage
Resister prudemment à l'affeté langage :
De tous ces affronteurs qui te parlent si doux
Pour trouuer le moyen de r'entrer parmy nous,
Pour nous perdre auec toy : qui d'vn masque hy-
    pocrite

Traîtres vont de sguisans leur volonté maudite,
Lors tous les bons François ce grand Dieu benirõt,
Et de vœus solemnels les autels chargeront ,
Et de nos deuanciers les ames bien-heureuses
Qui verserent leur sang sur les plaines poudreuses,
Par qui fust maint pays par le fer deserté,
Ayans passé les monts pour nostre liberté,
Oyans conter au ciel ces ioyeuses nouuelles
Te rendront tous rauis louanges immortelles :
De t'auoir fait regner pour sauuer cet estat
Des assauts de Bellone & tout autre attentat.
     Que si des importuns l'imposteur artifice
Fait tant que ces meurtriers en Fráce on restablisse,
Pour le moins nos nepueux cognoistront quel-
     quesfois
Qu'vn Gascon discourant sur l'estat des François,
Prophete à sceu preuoir & trop à vray predire
Le malheur qui deuoit ruiner cet Empire .

M. Cassandre.

www.ingramcontent.com/pod-product-compliance
Lightning Source LLC
LaVergne TN
LVHW021106050726
842519LV00005B/1853